희망의 노래
평화의 기도

대동세상 교육상담시

희망의 노래
평화의 기도

임형택 시집

성찰과 도전

희망별이 가슴에서 빛나는
대동세상 향한
희망의 노래, 평화의 기도

젊은 시절부터 한 슬픈 낙관주의자는 순수한 자기 고백이자 진솔한 마음 탐구 시간을 참으로 많이 보냈습니다. 실천적 성찰 생활은 국내외 대표적인 인간 이해와 지혜의 도구인 수많은 교육상담 프로그램(MBTI, 에니어그램, 아바타, 동사섭, 코비, 유답, 미술치료, 동작 치료, Vision Therapy, NLP 등 약 20여 가지) 지혜를 배우고 나누면서, '교육상담시'를 개척해 보고 싶었던 간절한 희망으로까지 이어졌답니다.

월간 「모던포엠」 2016년 3월호 당선작으로 등단한 이후, 『슬픈 낙관주의자의 희망의 노래, 2016』, 『온전한 삶의 지혜, 2018』, 『우리 함께 희망 아리랑, 2019』, 『우리 함께 평화 아리랑, 2020』 시집으로 결실을 맺게 되었습니다. 이에 그간 4편의 시집 중 일부 시와 2021년 이후 자기성찰과 치유를 넘어 대동세상 향한 간절한 바람과 절절한 평화 실천 노력과 기도 등을 모아봤습니다.

아직도 존재와 세상, 그리고 진리와 자유를 사랑하고 희망할 수 있는 시간이 남아 있으니 평온함과 용기 그리고 지혜를 등불 삼아 온전한 삶과 대동세상 향한 간절한 성찰과 절박한 실천의 끝없는 여정을 가고자 합니다. 이 여정에 늘 가까이에서 힘과 지지를 보내주는 사랑하는 가족과 정겨운 친구들, 평생 배움공동체 벗님들에게 감사드립니다.

다시 온전한 삶과 대동세상을 향한 희망의 노래와 평화의 기도를 드립니다.

2023년
꿈·희망·지혜
살아 숨 쉬는 평화공동체를
꿈꾸며 삶의 지혜를 찾고자
홀가분 방에서

한얼 **임 형 택**

제4부   우리 함께 평화 아리랑

제5부   대동세상 평화의 기도

제6부   **모던포엠 등단시와 심사평**

제1부

슬픈 낙관주의자의
희망의 노래

슬픈 낙관주의자의 희망의 노래

암울하고 아팠던 시절,
12월 달력만 한 장 남았다고
스스로를 주관적 오류 감옥에 가둬두고

'해야만 된다'는 강박관념을 지니고
'하고 싶다'는 절박한 자각을 외치며
'할 수 있다'는 뒤늦은 성취를 맛보고
다시 도전했던 찬란한 슬픔의 시기에

누군가가 저에게 속삭여 주었습니다
'너는 슬픈 낙관주의자이다'라고

그러기에 삶은 더 그윽하고 먹먹했습니다
그러기에 배움은 더 간절하고 달콤했습니다
더욱 희망의 노래가 가슴에서 샘솟았습니다

젊은 시절만큼 하늘을 보지 못하고
앞만 보고 살아가다가
몇 년 전 찾아간 고흐의 고향 생가와
고흐가 바라본 그 하늘을
음악과 시에서 찾았습니다

희망의 노래 평화의 기도

그간의 만남 어울림과 배움 열림을 통해
느끼고 부대끼면서 깨친
오랜 기간 간직한 가슴 속 희망별 한 움큼을
쑥스럽지만 살포시 펼쳐 보입니다

무거웠던 12월 달력이 넘어가더라도
또 다른 빛깔의 새 달력이
살아가는 동안 희망과 감사의 선물로
주어진다는 섭리를 매일 체험하고 있으니까요

삶의 미학

삶은 기다림이다
그 눈물 배인 삶 상처 난 속살에
그리움이 피어난다

삶은 그리움이다
그 애잔한 아픔 그림자 너머
사랑 꽃망울이 움터난다

삶은 견딤이다
그 묵묵한 길고도 긴 기다림을
먹먹한 시리고도 시린 그리움을 견딘 여정이다

오늘 나는 무엇을 기다리며
누구를 그리워하면서
아픔과 슬픔을 어떻게 견딜 수 있을까?

깨어 있는 숨

중요한 순간마다
숨 한 번 들이마시자
숨길 따라
몸이 함께 깨어난다

힘든 상황 속에서는
숨 한 번 깊이 들이마셔 보자
멈춤 속 쉼의 고요함에 잠긴다

도저히 참을 수 없다는
생각의 덫에 빠지고 있다면
세상의 모든 생명과 대화하듯이
깊은숨 세 차례 들이마시고 내쉬어 보자

살아있고
살 수 있고
숨 쉴 수 있다는 선물을 발견하게 된다

몰라요

마음속
이 그리움이
언제부터
싹텄는지 몰라요

세월 속
이 기다림이
누구로부터
움텄는지 몰라요

자연 속
이 머무름이
어디서부터
생겼는지 몰라요

임은
알고 있겠죠?

이 끝 모를

그리움

기다림

머무름이

임 향한

끝없는

기도임을

비와 바람 그리고 안부

한차례 소낙비가 오려나?
허공 가로저으며 바람이 분다
응답하듯 나무가 흔들린다

한 움큼 소식 오려나?
세월 이어 넘으며 그리움이 움튼다
다가오듯 마음이 속삭인다

한바탕 세상 살림 피려나?
세속 고통 품으며 평화씨앗 키운다
기도하듯 뭇 생명이 지켜 서 있다

희망의 노래 평화의 기도

내려놓고 비움

때로는
모든 일 내려놓고 아무 말 없이
혼자 있고 싶다

때로는
잠시 일상에서 벗어나
성취 도전 의식 자체도 잊어버리며
고요히 있고 싶다

홀로 있음이 함께 함이며
내려놓아야 받아들일 수 있다

하루 선물

자고 있는 사이
택배 온다는 연락도 없이
'하루'라는
날 서린 시간의 칼이
부릅뜬 역사의 거울이
운명처럼 전달되었다

감사하는 마음으로
절박하고 두려운 심정으로
뜻과 힘을 다하여
오늘을 조각하리라

희망의 노래 평화의 기도

배움 찬가

만남은 눈부신 선물입니다
가슴 뛰는 배움입니다
황홀한 연애입니다

만남은 위대한 약속입니다
눈물 밴 희망입니다
탁월한 선택입니다

만남은 어울림
깨어 있는 정신입니다
모순도 껴안는 포용입니다
힘차게 내딛는 발걸음입니다

평생 동안 함께 할 배움은
올곧은 길을 찾는 지혜입니다
실패를 두려워하지 않는 용기입니다
모든 것을 무조건 받아들이는 사랑입니다

우리 배움은

혁신이며 혁명이며 열애입니다

배움 벗님들과 함께

누군가는 가야 할 새길 갑니다

이 길에 우리의 운명이

공동체의 미래가 펼쳐집니다

보고 싶습니다

닮고 싶습니다

하루를 기쁘게 시작하는

당신은 이미 성공한 사람입니다

서로 부대끼고 지지하며

또 다른 모습을 발견하면서

온전히 사랑하며 살아가려고

마음 옷깃을 여미는

당신은 이미 아름다운 사람입니다

희망의 노래 평화의 기도

바로 지금 여기에서
함께 소통하고 성찰하며
공동체를 향한 올곧은 정신을 세우는
당신은 이미
사람과 세상을 살아 숨 쉬게 하는
만남과 혁신의 실천가입니다

대동세상 얼쑤

쳐라
마음 문 열릴 때까지

불어라
하늘에 닿을 때까지

두드려라
소리 멈출 때까지

함께 연주하라
치고 불고 두드리고
세상 응답할 때까지

서로 소통하라
함께 바라보고 얼쑤
손잡고 얼싸안고 얼쑤

희망의 노래 평화의 기도

밤바다

와보세요 밤바다에
삶이 힘들고 외로울 때

거닐어보세요 해변을
상처받고 지쳤을 때

들어보세요 파도 소리를
세상 사는 재미가 없을 때

그냥 머물러보세요 그 자리에
지난 세월이 후회될 때

바라보세요 바다와 하늘을
무엇을 해야 할지 모를 때

자신을 만나보세요 혼자서
새롭게 시작하고 싶을 때

홀로 있음의 고귀함

홀로 있는 무게만큼
함께 있음의 소중함을

홀로 견뎌낸 깊이만큼
함께 살아갈 지혜로움을

홀로 그리워한 넓이만큼
함께 꿈꿀 수 있는 아름다움을

밤바다 닮아가기

다 받아들이자
어떠한 모순마저도

끊임없이 속삭이자
어떠한 환경에서도

매 순간 깨어 있자
어떠한 날씨에서도

늘 하늘을 바라보자
어떠한 조건에서도

나만의 시간과 공간

나이가 들수록
하루 중
자신만의 공간에서
혼자 보내는 시간이 많아집니다

세월이 갈수록
살아가는 일을 격려하고
스스로를 위로하며
오늘도 자신만의 공간에서
걷고 생각하며 살아가고 있습니다

혼자만의 생각과 공간 안에
마냥 그립고 소중한 존재들이 있어
참으로 다행이고 감사하는 마음입니다

가을 하늘 아래에서
안부를 나누는
당신이 바로
그 특별한 존재랍니다

희망의 노래 평화의 기도

보고 듣고 하자

보자
시계를 세월이
거울을 자신이
창밖을 세상이
보인다

듣자
내면 소리를
상대 소리를
자연 소리를
잠시라도

하자
해야 할 일
하고 싶은 일
할 수 있는 일을
지금 당장

마음 관리

살다가 화가 나면
숨 한 번 깊게
들이마시고 내쉬면서
오늘이
화요일인지 아닌지
잠시 생각해보자구요

그래도
열 받으려고 하면
열부터 거꾸로 수를 세어보자고요

아직도
짜증이 남아 있다면
'짜', '뭘?'이라고
스스로 대화를 걸어보세요

화든
열이든
짜증이든
살아있다는 증거랍니다

잠시만 멈추어

숨 쉬고 생각하고

스스로에게 말 걸고 걷다 보면

마음이 활짝 웃어요

지금

연습 삼아 해보세요

청소년 혁명

다시 청소년이다
문제에서 존재로
객체에서 주체로
의존에서 참여로

청소년이 답이다
유발자에서 해결자로
무력자에서 역량자로
낙오자에서 선도자로

그래서 혁명이다
다시 본질을 향해
다시 근본을 세워
다시 연대를 하며

희망의 노래 평화의 기도

거룩한 실천

한순간이라도
위대한 삶을 살다 가신 분들의 거룩한 마음을 닮도록 깨어
있겠습니다
한번만이라도
그동안 고백과 성찰 통해 이끌어 낸 거룩한 약속을 실천하
겠습니다

한마음 한뜻으로
한 번 더 다가가고
한 번 더 손 내밀고
한 번 더 견디면서

말로 표현할 수 없는 아픔을
겪고 있는 분들 곁으로 다가가고

먼저 떠나간 가족 친구 이웃들에게
차마 못다 한 애도 마음을 전하며

만나야 할 가족 친구 이웃들과
오늘 이렇게 거룩한 평화 세상을 함께 만들어갑니다

거룩한 슬픔

제발 차디찬 바다로 떠나간 자녀를 가슴에 묻게 해 달라는
아버지의 통곡이 비바람을 몰고 오는 날입니다

오늘만큼은 착한 그 아이들이 그냥 아무 일도 없었던 것처
럼 씨익 웃으며
그렇게도 만나고 싶은 가족들 품으로 왔으면 좋겠습니다

그러나 아직 우리가 그 억울한 죽음을 풀어주지 못해서 살
아남은
사람들끼리 서로 더욱 사랑하지 못해서 미안한 마음뿐입니다

그토록 간절한 바람 담아 슬픔을 어루만져주는 노래처럼 천
개의 바람되어 더 공감하지 못해 점차 굳어진 이 가슴을 촉촉
이 적셔주고 있나 봅니다

그래도 오늘은 우리 모두 '잊지 않겠습니다', '기억할께요' 노
란 리본 속의 부끄러운 고백과 약속이 거룩한 슬픔이 됩니다

제2부

온전한 삶의 지혜

지금 여기 오직 전체

모든 것이 지금 여기
생과 사도 지금 여기
나와 너도 지금 여기

천지인도 지금 여기
진선미도 지금 여기
사계절도 지금 여기

희로애락도 지금 여기
번뇌해탈도 지금 여기
천국지옥도 지금 여기

만남 떠남도 지금 여기
과거 미래도 지금 여기
시작과 끝도 지금 여기

지금 여기에
있음이
느낌이
숨쉼이

희망의 노래 평화의 기도

선물이고

축복이고

기적입니다

당신,

지금 여기에 있겠지요!

한참을

마을 숲도 가는 세월이 아쉬운지
아침이 되어도 쉽게
밤새도록 내린 비의 무게와 빛깔을
씻어내지 않고 있다
한참을 초여름 밤비 주변을 서성이다
더 은은한 얼굴을 드러내다

한 존재도 지난 만남이 그리운지
나이가 들어도 편하게
오랫동안 쌓인 정의 깊이와 향기를
벗겨내지 못하고 있다
한참을 마음에 담긴 추억 주변을 헤메이다
더 그윽한 얼굴이 되다

숲새가 지저귀며 하늘로 날아오르듯
한 존재 독백하며 그대에게 다가가다

이 아침에
온 생애 동안
한참을

희망의 노래 평화의 기도

평가교향곡

화이부동和而不同 입니다
다른 배경과 지역이지만
같은 관점 지니고 서로 배려합니다

낙이불음樂而不淫 입니다
대화, 산책, 음식 같이 나누면서
삶의 즐거움과 기쁨 얻습니다

교학상장敎學相長 입니다
지혜와 경험 나누면서
서로를 이끌어주면서 배웁니다

이곳에서
우리는 서로가 서로에게
선물과 기적이 되는
평가교향곡을 연주합니다

길

손길

비 맞아 나뒹굴고 헝클어진
집 앞 쓰레기들을 한참 동안
줍고 정리하니
보기 좋고 마음도 편하다

발길

갈수록 찾게 되는
걸을수록 고요해지는
동네 오솔길을
어젯밤에 이어
이 아침 다시 걷는다

사람길

어제는 한·북·미 3명의 지도자가
같이 걸은 판문점 길을 보는 눈길에

오늘부터는 올 한해 후반전을
다시 설레는 첫 마음길에

같은 하늘 아래 길을 걸으면서
'길은 잃어도 사람을 잃지 마라'는
화두를 어젯밤에 이어 다시 새겨본다

우리 같이
숲길, 인생길, 대동세상길
지금처럼
마음 손잡고 걸어가요

RIGHTEOUSNESS

듣게 되면
은은하고 장엄한 빛을 보게 됩니다
고요하고 신비한 힘에 이끌립니다
넉넉하고 포근한 품에 안깁니다

들을수록
마음이 맑아지고 경건해집니다
무릎 꿇고 두 손 모아 기도하게 됩니다
허리 숙여 뭇 생명을 바라보게 됩니다

듣지 않아도
들립니다 축복과 사랑 노래가
느낍니다 위로와 치유 숨결을
보입니다 공의로우신 주님이

희망의 노래 평화의 기도

세월호 아이들

위안부 할머님들

독립운동가분들까지

DMZ와 천상에서

함께 만나고 있는

RIGHTEOUSNESS* 입니다

---

* RIGHTEOUSNESS_ 특별한 음악 선물 받고 감사 마음으로. 인생길 소풍

성인문해교육 시화전

삶의 눈물이 눈부신 보석이 됩니다
절절한 마음이 배움의 기적이 됩니다
소박한 일상이 희망의 씨앗이 됩니다

한 글자 한 글자에
한 세상 도전이 꿈틀댑니다

한 단어 한 단어에
가족 사랑 마음이 넘쳐납니다

희망의 노래 평화의 기도

인생길 소풍

아프지 말자구요
아프더라도
잘 견디며 웃으며 살자구요

놀면서 살자구요
놀지 못하더라고
더불어 재미지게 살자구요

다시 한참을

한참을
동네 숲 앞에서 멈추어 바라봅니다

숲새들이 먼저 안부 전하며 노래합니다
뻐국 뻐국 뻐뻐국
찌~ 째~~ 찌째잭
끼~ 끼륵~~ 끼르륵
숲 아침이 곱게 깨어납니다

한참을
고개 들어 하늘을 바라봅니다
구름들이 수채화를 만듭니다
비행기가 하얀 선으로 이어집니다
아~ 아아~~ 아련함
은~ 은은~~ 은은함
그~ 그대~~ 그리움
하늘 아침이 맑게 피어납니다

희망의 노래 평화의 기도

다시 한참을

오늘 아침을

대동마을 숲을

같은 하늘 품을

한 존재의 삶을

친구의 얼굴을

고~~ 고마워요

건~~ 건강하세요

청~~ 청평하시길

한 존재 아침이 밝게 시작됩니다

유애와 무애

유애(태어난 모든 것은 죽는다)

아침 산책 후 아침신문에서 '유애' 기사를 읽다

다들 '나'를 찾아 헤매지만 그런 것은 없다는
장자 화두를 평생 시와 글로 표현하는 고형렬 시인을 만나다
무애를 향한 유애의 삶이다

무애(지식과 경험은 끝이 없다)

남구자봉센터 자문회의에서 귀한 분들의
안부, 밥차봉사, 얼쑤 인수화풍의 공연 소식 접하며
청소년들과 함께할 설레는 계획을 수첩에 기록하다

천천히 걸어서 양림숲에 오다
호랑가시나무 옆 미술관에서
최순임 화가의 'Bon Voyage' 전시 작품과
농부시인 서정홍 시인의 '쉬엄쉬엄 가도 괜찮아요' 시집도 발견하다
유애 속 무애의 삶이다

희망의 노래 평화의 기도

유애무애(다 한 존재 생애)

세계적인 장애인 김홍빈 산악인의 13봉 등정
강명구 평화 마라토너의 국민평화 대행진
산업인력관리공단 김록환 선생님의
'혁신해요' 뮤직비디오 공유부탁 소식…

무등산 보이는 양림동산에 앉아 안부 전하며 마음을 보태다
유애도 무애도 다 한 존재
한순간 한바탕 한세상이다 하하하

어머님 닮은 하루

어머님이
새벽 부엌 밥 준비하듯
깨어나는 마을 숲에서
아침을 엽니다

하루 종일
가족과 이웃 위해
이곳저곳 다니시며
이 일 저 일 하셨던
어머님 손길 발길 닮은
하루 활동

아랫목 이불에 밥 한 공기 넣고
가족 늦은 귀가 기다리는
어머님 품 같은
대동마을 오솔길

희망의 노래 평화의 기도

숲 안개

마을 숲에 아침 안개가 자욱하다
한참을 홀로 말없이 걷다

마음 숲도 깊은 그림자가 내려앉다
한참을 걸으며 마음을 바라보다

잎을 다 떨구고 묵묵히
그 자리에 서 있는 나무에
눈길이 가다
젖은 낙엽에도 애틋한 마음을 보태다

아직도 마을 숲 안개는 걷히지 않고
마음 숲 그림자도 그대로이지만
바로 눈앞 길은 이전보다는 밝고 맑아 걸을만하다

이망일불망

무언가 바라지 않고
그저 바라보며 삽시다

누가 알아주지 않아도
그저 알아서 삽시다

아쉬워 붙잡지 않고
그저 있는 대로 삽시다

받지 못했다고 불평하지 않고
줄 수 있는 만큼 주고 삽시다

원망과 도움준 것 잊어버리고
받은 은혜만큼은 잊지 맙시다

들꽃 친구

발길 멈추게 하는
작은 들꽃이 되어

눈길 머물게 하는
고운 빛깔로 피어

손길 가게 하는
맑은 미소 띠고 싶다

이 아침에
들꽃 친구들이
벗님들 떠올리게
생명 마음길을 열어주네요

이 순간이 기적

지금 이 순간
한 있음이 본질 전체

지금 이 순간
한 호흡이 생명 신비

지금 이 순간
한 걸음이 역사 진실

지금 이 순간
한 생각이 사랑 노래

지금 이 순간
한 기도가 인류 구원

지금 이 순간
우리 같이 함
감사 행복이네요

다시 오솔길에서

하늘 달 숲 바라보며

으하하

우리는

하늘 아래

하나랍니다

제3부

우리 함께 희망 아리랑

희망 아리랑

아리랑
아라리요

어디에 있어도
누구와 있어도
무엇을 하여도

선한 마음
맑은 정신
편한 걸음으로

걷고 있으면
그곳이 바로
멋진 적벽이고
대동세상이며
기쁜 천국이 되다

가끔씩만

가끔씩은
외로움도 괜찮아요
자주만 아니면

가끔씩은
힘들어도 괜찮아요
지속되지만 않으면

오히려
가끔씩은
홀로 있는 것이 더 좋아요

그냥 걷고 쉼

맘길 가는 대로
발길 닿는 대로
그냥 걸어요

눈길 가는 곳에서
몸길 편한 곳에서
그냥 쉬어요

걷다 보면
가는 길에서
삶살이 길
다시 보게 되고

쉬다 보면
숨 쉬는 곳에서
세월터 소리
다시 듣게 되네요

고마워요
덕분입니다

같이 걷다가

잠시 멈추어

바라보고

쉬시게요

봄길

길에는 벚꽃들이 비눈 되어 내려앉고
밤비 이슬 머금은 채 들꽃은 깨어 있고
숲새들은 아침을 노래하며 날고 있고
한 존재도 눈부신 햇살 품으며 걷네

길을
인생을
세상을

희망의 노래 평화의 기도

만남 배움 희열

역시
사람이 희망이고 선물입니다

한 사람 만남이
한 세상 배움이며 기적입니다

함께 나누는
한 말씀 한 눈빛이
참 지혜이며 큰 감동입니다

우리의
한 손길 한 발자국이
평생교육 역사이며 새 길입니다

배움공동체를 향한
한마음 한뜻이
무등정신이고 홍익인간입니다

살아갈수록

살아갈수록
눈 뜨면 은은한 뭉클
기도하면 그윽한 울림
걷기만 해도 잔잔한 미소

멈출수록
숲 바라보면 고요한 숨결
새 소리 들으면 생생한 활기
바람 향기 맡으면 고적한 침묵

내려놓을수록
살아온 날들이 한없는 감사
살아갈 날들이 한가득 선물

살아가다
지금 여기 있음에 눈부신 울컥
아는 사람 만나면 정겨운 눈빛
누군가 만난다면 소중한 인연

희망의 노래 평화의 기도

살아갈수록

한 아름 뭉클

한 자락 울컥

한 세상 인연

한 존재 품어줍니다

바라봄

살아갈수록
점점
바라지 않고
아이처럼
바라보게 됩니다

살아갈수록
새삼
홀로 있음의 자유로움이
함께 함의 아름다움을
그려냄을 느끼게 됩니다

이렇게 말입니다.
삼청공원 숲속 도서관에서
숲 바람 바라봅니다

희망의 노래 평화의 기도

좋아요

아침 또 새로운 선물 좋아요
어제 좋은 만남 배어있어 좋아요

성찰 지혜 담겨 있어 참 좋아요
좋다고 응원 배려 마음 참 좋아요

온전함을 향한 수행이라 더 좋아요
자유로움을 향한 여정이라 더 좋아요

그냥 좋아요
홀로서 함께 하루하루
살아갈 수 있어 좋아요
곱고 좋은 하루 보내요

그냥 살기

울어도 하루
웃어도 하루랍니다

잘해도 하루
못해도 하루겠지요

오늘 살아보니
쉽게 살아도 하루
어렵게 살아도 하루네요

이왕
하루하루
이렇게 산다면
그냥
웃으면서
잘살고 있다고 믿고
쉽게 자유롭게
살아가고 싶어요

같이

그냥 살아가요

그런대로

그런대로
이렇게
한 세상 살면 된다네요

그런대로
그리워도
한 사연 기다리면 된다네요

그런대로
힘들어도
한 세월 견디면 된다네요

그런대로
눈물 나도
한 자락 노래 부르면 된다네요

그런대로
먹먹해도
한 잔 술 마시면 된다네요

희망의 노래 평화의 기도

그런대로

언제 우리 만나

노래 부르며 술 한잔하자고요

시인과 주방장

누군가가
떠오르면
그만큼 행복합니다

누군가를
기다리면
그만큼 사랑합니다

누군가에게는
당신이
그만큼 희망입니다

우리는
누군가의
그만큼의 감사입니다

희망의 노래 평화의 기도

인생은 공

빈틈 있어도 괜찮아요
쉴 틈 생기잖아요

빈손이라도 괜찮아요
빌 손 있잖아요

인생 고통라고 해도 괜찮아요
인생 고go할 수 있잖아요

본디
빈손으로 왔다가
빈손으로 가는 인생

그래도
그만큼 괜찮아요

살다 보면

살다 보면
가끔 기쁨도 있지만
자주 슬픔이 밀려오네요

살다 보면
내 것이라고 생각하지만
내 것 아님을 알게 되네요

살다 보면
돈이 필요하지만
술도 중요하네요

사실
살다 보면
너와 내가
생과 사가
하나임을 점점 알게 되네요

희망의 노래 평화의 기도

길 도

길을 가다
인생 길
세상 길
존재 길

길 가다
멈추어 보다
하늘을
만남을
자신을

길에
답이 있다
그래서
길이 도다

걸어요

걸어요
또 걸어요
홀로 걸어요
천천히 걸어요
틈만 나면 걸어요

좋아요
참 좋아요
새삼 좋아요
편해서 좋아요
쉴 수 있어 좋아요

그래요
늘 그래요
다시 그래요
그래서 그래요
자유로워 그래요

희망의 노래 평화의 기도

누군가 있음

누군가의 손길이
좌절에 빠질 수 있는
청소년을 일으켜 세워줍니다

누군가의 눈빛이
절망에 빠져있는
청소년에게 희망을 갖게 합니다

누군가의 그 무엇이
고통과 시련을
견디는 버팀목이 된답니다

나는
오늘 하루
그 누군가의
손길
눈빛
그 무엇이 되었을까?

시련의 힘

적절한 시련이 단련하게 해주네요
맑은 몸에 그대로 드러난다네요

도전하고 배우면서 행복해진다네요
생활을 기록하면 성장하게 된다네요

불평하지 않고 감사하게 된다네요
어려운 친구들을 도와주고 싶다네요

그래서
사람이 희망이라고 하네요
선한 마음이 세상을 변화시키는
힘이네요

희망의 노래 평화의 기도

이미

이미
겨울 산 곳곳에는
새봄 잉태한
생명들이 푸릇푸릇

벌써
동녘 하늘에는
새날 펼치는
아침 해가 성큼성큼

결국
한 존재 삶 가득히
새 맘 품는
숨결이 두근두근

만남 성찰

두근거리되, 두려워하지 않기
바라보되, 바라지는 않기

이론을 배우되, 이념에 빠지지 말기
실천을 하되, 실패를 걱정하지 말기

비교 비판 비난하지 않고 공감하기
자책 자만 자폭하지 않고 존중하기

배제하지 않고 최대한 배려하기
차별하지 않고 고유한 차이 인정하기

어색하지만 어울려보기

관찰 성찰 통찰하며 찰라 기쁨 느끼기
흥미 재미 의미 찾아 삼미 희열 맛보기

희망의 노래 평화의 기도

알겠습니다

나뭇잎과 바람이
친구임을 알겠습니다

새 꽃망울 속 물이
생명임을 알겠습니다

발열 체크 온기가
일상의 행복임을 알겠습니다

휴대폰 속 사람 사연들이
선물임을 알겠습니다

덕분입니다
고맙습니다
건강하세요

하루씩만

살겠습니다

그리워하며
만날 수 있으면 만나고
마음 시간 물질 나누며
먹고 마시고 지그시 웃으며

스스로 내려놓고 즐기며
서로 위로하고 닮아가며

할 수 있는 만큼 하면서
크게 바라지 않고
미리 염려하지 않고

오늘만큼 살아가겠습니다
하루씩 뚜벅뚜벅
하루씩 사뿐사뿐
걸어가겠습니다

함께 하실 거죠!

관계

그리움 빛깔만큼
깊어갑니다

기다림 향기만큼
넓어집니다

만남 여백만큼
익어갑니다

나눔 울림만큼
스며듭니다

사람
세상
자연
관계

덕분입니다

오묘한 이치

어제도 살았고
오늘도 살아간다
내일은?

나도 괜찮고
그대도 괜찮다
우리는?

하늘도 알고
땅도 안다
진리는?

오묘한 이치이다
서로 연결되어 있다
그래서 좋다

홀로 있음

젊은 시절도
홀로 보내는 시간이 많고
오히려 편안했지만

나이가 들수록
더 홀로 있는 시간이 많아지고
그 무게도 특별하다

홀로 있으면서도
더 깊숙이 침잠해
더 홀로 있는 한 존재를
발견하게 된다

존재를 꼭 안아주고 싶다

바람

정답 대신 질문을
비평 대신 공감을
웅변 대신 침묵을
마음 가는 대로
장사익 노래 군데군데 듣는다

올 때도 혼자 빈손
갈 때도 혼자 빈손

듣고 싶은 노래 듣고
먹고 싶은 음식 먹고
가고 싶은 장소 가고
보고 싶은 사람 보고

만나도 좋고
못 만나도 좋고
이렁저렁
살아가지요

희망의 노래 평화의 기도

사람 자리

같은 자리 마주 앉아
세월 빛깔 얼굴 보고
견딤 무게 미소 띠며

생명 음식 대화 나누며
추억 향기 안부 전하니
이곳이 무릉도원
한 세상 참 만남이네요

동문의 힘

동문 만남은
언제나
잔잔한 미소와
은은한 대화의
한바탕 기쁨입니다

건강 회복한
선배 동문님의 모습과
치유 이야기는
오늘따라 더욱
한 아름 축복입니다

서로의 눈빛과
서로에게 향한
마음 숨결은
코로나로 불확실한
이 세상 살아갈 힘을 주는
한 줄기 햇살입니다

희망의 노래 평화의 기도

다음 만남 기약과

가족은 물론 공동체에 대한

행복 안부와 배려는

한 인류 평화 기도입니다

제4부

우리 함께 평화 아리랑

실천하는 성찰[*]

다시 돌아오지 않는 2020년 한 해
최대한 긍정적 생각과 말을 하고자 노력하였네요
가급적 오래 후회하거나 자책하지 않으려고 하였네요
미리 두려워하거나 걱정하지 않으려고 하였네요
만나는 사람을 존중하며 배우려는 자세를 취했네요
몸을 움직이며 틈나는 대로 걷고 동네 청소하는 재미를 만
끽했네요

스스로 매 순간 매 순간
하루하루 배우고 살아가는 기쁨에 몰입하였네요
스스로가 보기에도
온전한 존재로 성장하고 있는 모습에 감동받고 감사하게 되
네요
함께 한 벗님들 믿음과 기도, 도움과 응원 덕분입니다

혹시 마음과 달리 불편하게 한 점 있다면
너그럽게 이해해주시고

[*] 2020년 성찰글 543호

아직 온전하지 못해

말과 행동으로 상처 주었다면 용서해주세요

더 겸허하고 정직하게 실천하고자 합니다

그대가 나

그대
그대로의 있음이
그대만의 울림이

그대
그대 위한 기도가
그대 향한 그리움이

그대
그 시절의 상처와
그 순간의 절망도

바로
그만큼의
그대의 모습이
그대의 삶이

바로
나입니다
그대입니다

희망의 노래 평화의 기도

매일

만나는

존재입니다

걸음 기도

한걸음에
우주의 중심 찾아
스스로에 대한 사랑 담아

또 한걸음에
가족 친구 이웃 향해
한 사람이 한세상 의미 담아

다시 한걸음에
생명 자연 진리 닮아
공생 조화 평화 정신 담아

한 걸음
한걸음에
감사 안부와
성찰 다짐 실어
삶의 역사를 씁니다

새날은 언제

새날은
북극에서 남극까지
백두에서 한라까지
진월에서 무등까지
갈 수 있는 길만 있다면

새날은
절망에서 희망으로
무지에서 지혜로
집착에서 자유로
갈 마음만 있다면

새날은
이 생각에서 저 생각으로
내 마음에서 네 마음으로
머리에서 손발로
옮기기만 하면
이미 와 있네요

오늘이
새날입니다

오늘 하루

오늘 하루
꽉 채우지 않아도
꼭 해내지 않아도
괜찮아요

오늘 하루
팍 살지 못했어도
푹 쉬지 못했어도
걱정하지 말아요

오늘 하루
엄청난 비바람 속에서도
이렇게 살아냄이

극심한 의견대립 속에서도
누군가 생각함이

소소한 즐거움이 되고
그윽한 온전함이 되어

희망의 노래 평화의 기도

한 존재

오솔길 산책과

하루 삶 의미를

안아주네요

자연 이치

비 온 뒤 하늘 더 청명하듯
구름 뒤 보름달 떠 있듯
오늘 밤 뒤 새벽해 뜨듯

우리 삶도
한 존재도
오늘 하루는
자연 모습 닮아가며

인류 생존도
평화 번영도
진리 조화도
자연 이치 따라가네요

희망의 노래 평화의 기도

장포심 사유와 실천

지금 이 생각과
바로 이 실천이

장기적이고
포괄적이며
심층적인가?

스스로에게
자문자답하며

서로에게
배려 지지하면서

올바로
오늘 하루
생활하고자 합니다

행복 희망 평화

오늘 하루
최선을 다해 살았으니 행복

내일 하루는
오늘보다 더 멋진 날 기대하니 희망

어제 오늘 내일은 물론
살아있는 모든 생명 생각하니 평화

삶길

들풀숲 짙푸른 향기 배인
정겨운 친구 된 오솔길에서
한 존재 하루 삶길 그윽이 품다

하늘가 검푸른 빛깔 새긴
고적한 스승 된 인생길에서
한 생명 오늘 맘길 은은히 울다

광복절 개벽

그 누군가는 새벽에
광야에서 외칩니다

이 간절한 희원과
저 절박한 절규가
모이고 합쳐지면

언젠가는 한낮에
광장의 촛불이 됩니다

날서린 눈물과
의식 밴 땀방울로
그 촛불을 들고
함께 일어나면

그렇게 꿈꾸었던
해탈과 해방의
대동세상이 됩니다

희망의 노래 평화의 기도

자신으로부터

지금 여기서부터

바로 개벽입니다

스스로 자유 선언

누가 알아주지 않아도
누가 불러주지 않아도

무언가를 성취하지 않더라도
무언가를 희망하지 않더라도

홀로 있으면서
걷고 하늘 바라보며
미소 지을 수만 있으면
자유로와요

내 것과 내 것 아닌 것은?

세상에
과연 '내 것'이 있을까?

마음과 몸
생각과 행동
돈과 일
시간과 공간

'내 것'인 것 같은데
'내 것' 아님을 알게 되네요

오히려
살다 보니
본래 '내 것이 아닌 것'이
마음과 몸 잘 쓰면
지금 여기에서 잠시
'내 것'이 되네요

햇살
바람
들꽃처럼

마음 힘

고요한 안부가
고적한 시가 됩니다

애틋한 기억이
애잔한 기적이 됩니다

절박한 몸짓이
절실한 기도가 됩니다

스스로에게
서로에게

세상과 생명의
울림이 됩니다

외줄타기

처연한 삶살이 무게가
두터운 세월의 더께 되어
스르르 흘러내립니다

처절한 인류 발걸음 깊이가
매서운 역사의 거울이 되어
즉각 반사됩니다

진지한 구도 몸짓 냄새가
엄정한 진리의 저울이 되어
제대로 측정됩니다

아!
오늘도
한 사내
세월 더께
역사 거울
진리 저울
홀로 외줄타기를 하네요

사람이

사람이
사랑입니다
만나고
나누며
살아갑니다

사람이
세상입니다
듣고
배우며
따라갑니다

사람이
하늘입니다
바라보고
섬기며
닮아갑니다

희망의 노래 평화의 기도

오늘

가을 하늘

세상 품은

사랑하는

사람들을 만나네요

누군가를

지금
누군가를
생각할 수 있음은
행복입니다

누군가를
떠올리며
이렇게
잔잔한 미소를 지을 수 있음은
축복입니다

어디에 있더라도
무엇을 하더라도
생각나게 하는
그 누군가가 있어
한 존재
참으로 감사합니다

그 누군가가
바로 당신이네요

희망의 노래 평화의 기도

꿈길

삶길

배움길

오솔길

SNS길

생각지도 못한 곳에서

우리 만나요

어머님

유리문 뒤
휠체어 타신 채
말씀 못 하시고
힘든 고갯짓과
눈짓으로만
마음 전하시는 모습에
지금도 가슴이 먹먹합니다

짧은 면회
긴 아련함에
그 긴 세월
가족 위한 희생의
시간 무게가 내려앉습니다

요양원 주변
코스모스 상사화 국화가
그나마
안타까움을 달래주네요

한가위

추석 차례상 음복도
넉넉한 한가위 덕담도
무등세상 향한 바램도
가을 하늘로 떠나가고
생명 쉼 품은 마을숲에
어둠이 내려앉습니다

가난한 영혼 지닌 한 사내
이 땅 사는 아버지라는 무게로
그윽한 그림자 드리우고
홀로 오솔길 거닙니다

풀벌레 소리에는 테스형 울림과는
또 다른 고적함이 묻어나고
늘 있던 그 자리에 아직
달은 보이지 않은 채
하나둘 별빛이 그리움 되어 내립니다

이 그리움이 고마움과 합쳐지면
그윽한 보름달 볼 수 있겠지요
기다리고 있을게요

보름 달무리

지극정성으로 올린
제사상 음식과
한 예인의 혼 담은 노래에
한가위 보름달도
환하게 미소 짓는 가을밤

온 가족 저녁 대화 소리
놀이터 아이들의 웃음소리
동네 교회 찬송 소리
가을밤 풀벌레 소리
서로 어울리며 울려 퍼지면서

지금 살아있음에 감사와
일상의 기적을 보여주며
한 존재 발걸음 잠시 멈추게 합니다

코로나 19 위기와 혼란
지혜롭게 이겨낼
겸손 배려 용기의 덕담들도
보름 달빛에 모아집니다

희망의 노래 평화의 기도

더 경건해지는 오늘 밤

같이 두 손 모아 기도하시게요

개천절 아침

열립니다
한 존재 가난한 마음이
대지 기운 받아 하늘까지

울립니다
한 예인 삶살이 노래가
사람숲 거쳐 대자연의 생명 소리까지

바칩니다
온 인류 바램 담은 경건한 기도를
태극 일월성신 천지신명님께

그저 바라봄

세상사 잠시 잊고 걸어 나온 숲공원
세월 무게 견디며 피어난 백일홍
숲새들도 숨죽이며 지저귀는 이곳

아직도 테스형 울림 화두 빠져있는데
어디선가 색소폰 소리 허공에 퍼지며
그 순간 노란 나비 내려와 앉습니다

세상사 왜 이러는지 누구도 모른다니
그저 가을 하늘 하염없이 바라보며
그리움 차곡차곡 쌓아두고 거닙니다

평생 배움 만남 울림

이런 벗님들 세상에 또 없습니다
이런 배움공동체 다시 없습니다

문제가 의식이 되고
눈물이 논문이 되며
상처가 보석이 되는
이 아름다운 공동체에서

우리는
자긍심 갖고
평생교육역량 나누며
자기 성장 주도성 발휘하면서

진지한 배움 한 걸음
치열한 논문 두 걸음
평온한 희망 세 걸음으로

모두가
평화로운 세상
함께 만들어갑니다

희망의 노래 평화의 기도

광주대학교

평생교육학과 대학원

세월 무정유정

세월 주름 무거워 미소 잃은 친구들
세상 무게 힘들어 어깨 처진 이웃들

살다 보면 버거워 주저앉는 순간들
노력해도 어쩔 수 없게 되는 사건들

우우우우 우우우 우우우우 우우우
세월이여 세월아 무정하긴 하구나

함께 했던 반가운 얼굴들이 떠올라
지난 시절 즐거운 경험들이 생각나

살아내기 위해서 다시 한번 힘을 내
같이 살기 위해서 서로 손을 잡아봐

아아아아 아아아 아아아아 아아아
세월이여 세월아 유정할 수 있구나

희망의 노래 평화의 기도

제5부

대동세상 평화의 기도

3·1 정신

그날의
그 역사터
민초들의
담대한
당당한
자주독립
그 함성을
다시 듣습니다

오늘
이 자리터
한 존재 삶
겸허한
경건한
자유 평화
이 다짐을
다시 새깁니다

희망의 노래 평화의 기도

자신부터

여기 지금부터

일상부터

절박한

간절한

온전한

삶살이 도전입니다

한가협 부활맞이 피정

찬미 예수님!

어제의 순교자 영성이
이제의 길 진리 생명으로
부활하는 은총의 시간입니다

아름답고 거룩한
이곳 평화의 전당에서
예수님 마음 닮아가는 좋은 분들과의
복된 만남입니다

가톨릭 교육자의 기도문 묵상 통해
매일 만나는 학생들과 가족들이
당신께서 보내주신 귀한 선물임을
다시 깨닫는 성찰 배움입니다

십자가의 길 기도와 묵상
차명자산성지 순교자 묘소 참배
이병호 주교님 파견 미사는
깊은 눈물빛 영성의 체험입니다

회장단과 봉사자분들의
정갈한 다과와 차
맛있는 식사와 쾌적한 숙소
섬세한 배려와 준비
이 모든 것이
주님 향한
사랑의 기도임을 배웠습니다

다시
일상에 돌아와
예수님을 따라
진리와 생명의 길을
기쁘게 걷고자 합니다

덕분입니다
고맙습니다
사랑합니다

나는 누구인가?

동네 뒤 제석산에 올라
숨 한 번 깊게 쉬고
지난 날 떠올려본다
슬픈 낙관주의자의 몸부림을 느껴본다

정상에 올라 하늘 위 해를 바라보며
다시 가슴 가득 숨을 쉬어보며
지금 여기의 행복을 느껴본다
꿈 희망 지혜 지기의 마음가짐을 새겨본다

내려가면서 맞이할
사람과 일 만남 선물을
기쁨으로 상상해본다
처음이자 마지막처럼
온전한 숨 한 번 더 쉬어보면서
배움공동체 지기의 혼을 깨어본다

희망의 노래 평화의 기도

문순태 작가와의 만남 - 준비

무등산 마음 품은
한 세상 만나러
경건한 설렘으로
신랑 맞는 신부가 되어 봅니다

분단 전쟁 대결의
참혹한 역사의 한 가운데에서
민초들의 밑바닥 소리부터
자연의 소리풍경까지 복원하는
위대한 작가의 말씀 만나기 위해
이 봄날 아침
스스로에게 질문 던집니다

나 자신에 대한 실존은 무엇으로 확인할 수 있는가?

우리 곧 기쁜 얼굴로 만나고
평생 훈훈한 마음으로 만나요

문순태 작가와의 만남 - 울림

41년 소년의 형형한 눈빛
문학 철학 종교 향기 배인
삶살이 말씀에 빠져듭니다

존재 양식으로서의
고향 뿌리가 뽑혀
전통 사랑 대동정신까지
잃어버린 인류에 대한 마음 아픔이
절절히 전해옵니다

자강불식의 화두
소리풍경의 여백
존엄한 죽음의 징소리가
생오지 문학관에 울려퍼집니다

여기가
고향이며
우리는
오진 경험을 나누었네요

희망의 노래 평화의 기도

덕분입니다

고맙습니다

사랑합니다

건강하세요

마을공화국 꿈

한평생
온전한 삶
대동세상 향한
배움 길 찾는 한 존재

직접 민주주의 마을공화국
담대하고 아름다운 꿈을
지니신 한 분 한 분의
말씀을 모시니

다시
설레임과
상상력이
꿈틀대고

이제사
제대로
배우고 실천할
지혜와 용기가 흠뻑 피어나네요

이제

애기애타 마음으로

스스로 됨

서로 바라봄

바로 행함으로

우리

홍익인간

대공주의

마을공화국 힘차게 만드시게요

도산 닮기

빙그레 웃으며
스스로 바로 하면
스스로 온전히 되어가는
기적이 매일 일어납니다
절대 희망이 움터납니다

훈훈한 마음으로
스스로를 있는 그대로 사랑하면
이웃을 하늘처럼 섬기며
세상 나아가는 힘을 키우게 됩니다
하늘 땅 생명이 하나가 됩니다

오늘처럼
빙그레 미소 지으며
훈훈한 마음으로
하루하루 살아가면
어느새 도산의 삶과 사상이
한 존재 안에서도 활짝 살아나네요

비움 미학

욕심 내려놓으면
편해집니다

댓가 바라지 않으니
자유로워집니다

이념에 얽매이지 않으니
당당해집니다

헌법: 안전사회 원리

묘하게 빠져드네요
기―승―전 주민자치입니다
헌법에 길이 있네요

마을이 세상을 구한다(간디)
동심이 세상을 구한다(정채봉)

헌법 공부가 우리를 일으켜 세워주네요
올바른 주민자치할 수 있는 법 제정 운동을 해야겠네요

진지한 공부
치열한 연대
가열찬 실천이 절실하네요

오늘
도산 샘을 만난 기쁨입니다
배움 나눔 헌신 감사합니다

지금 여기 자신부터

주민자치법제화네트워크까지

헌법 가치 공유하고

이상적인 공동체 삶 실천하고

모두의 힘과 지혜를 모으시게요

새벽빛

한여름 밤 뭇 생명 숨결 품은
어머님 가슴 닮은 달빛

죽어가는 모든 것을 사랑하고자 했던
윤동주 시인의 눈길 배인 별빛

괜스레 슬퍼지는
한 소녀 달래주었던 노래가사 떠오르게 하는
가로등 불빛
대동마을 사람 사이 이어주며
아름다운 정경이 되는 백일홍 꽃빛

그 달빛 별빛 불빛 꽃빛 어울림 속
대동세상 향한 한 존재의 삶빛

마침내 동이 트고 새가 지저귀며
눈부시게 펼쳐지는 하루빛

희망의 노래 평화의 기도

생명 찬가

얼굴에
천지창조의 신비가
태초의 말씀이
대동세상의 하늘이
천진무구한 미소가

가을 친구

갈수록
그리움 커져
그 누군가를 보고 싶습니다

갈수록
기다림 쌓여
그 어디론가 떠나고 싶습니다

갈수록
어여쁨 자라
이 모든 것을 사랑하고 싶습니다

그래서
가을인가 봅니다
더욱
나이듦의 미학인가 봅니다

희망의 노래 평화의 기도

우리

곧 만나

같이 걸으며

이 삶과

이 세상

더 사랑하시게요

인생 별곡

큰 울음 눈부신 미소
한 생명 빈손 태어남

온 뜻 얼 진인사 살아감
한 몸 맘 대천명 살아냄

온 길 뒤돌아보는 눈길
갈 길 내딛는 지금 손짓

빈손으로 떠나갈 섭리
살 때까지 내려둘 지혜

여기 스스로 있음 되어감
거기 서로 바라봄 마주침

희망의 노래 평화의 기도

주민자치인문학

이 가을
주민자치인문학
사람 삶결닮아
한 존재 성장합니다

이 모임
주민자치인문학
소통과 나눔으로
주인이 되어갑니다

사람들의 숨결과
주민자치인문학 향기가
삶과 마을, 세상을
살아 숨 쉬게 합니다

도산 동맹독서

오늘도
진지한 성찰
울컥한 감동입니다.
도산의 그 희생 통합 헌신의 삶이

다시금
절절한 깨침
치열한 실천 자각입니다
자기혁신 애기애타 대공주의 사상을

이 가을밤
"낙심 마오"
"어려울 때는 쉬운 것(기본)부터 하자?"
"나 하나를 건전한 인격체로 만드는 것이
우리 민족을 건전하게 만드는 유일한 길이다"
민족의 큰 스승
도산의 말씀 새기게 됩니다

도산선생 바른정신
동맹독서 수련으로
성찰하고 혁신하세
애기애타 실천자각
대공주의 높은사상
나부터가 건전해야
우리민족 나라건전
위대하신 도산정신
깊이새겨 실천하세
동맹독서 우리님들
함께해서 행복해요

다락⁺ 클래식

잔잔한 위로
그윽한 희망
한아름 담긴
음악 선물입니다

피아노 선율 따라
이 가을이
오래된 친구마냥
조용히 다가와
지친 어깨를 감싸줍니다

스르르 눈을 감고
위대한 음악가의 지휘로
삶과 세상
아름답게
살아갈 힘을 얻습니다

희망의 노래 평화의 기도

큰 역사 속 한 존재

멈춤과 비움
잠시 일상에서 멈추고
할 수 있는 만큼 비우고
다시 비우고자 합니다

바라봄과 배움
스스로를 바라봅니다
세상 지혜를 배우고
다시 스스로에게 질문합니다

어울림과 행함
어울림의 섭리 깨칩니다
행함의 용기 내서
다시 일상으로 나아가고자 합니다

지금 여기
한 존재가 큰 역사의 진리를
코스모스 꽃길 걸으며
나름 받아들이고 새깁니다

잡보장경

얽매이지 않는다
나서지도 않는다

본질을 찾아본다
존재를 자각한다

두려워하지 않는다
망설이지도 않는다

마을민회 열리는
함평 밤하늘 별 바라보다

삶의 의미 새기다
대동세상 꿈 피우다

희망의 노래 평화의 기도

가을 단상

한라산 자태 닮은
선물 받은
귀한 시집 펼치니
가을이 손짓합니다

생활 속살 담은
자칭 교육상담시
다시 읽어보니
누군가를 만나고 싶어집니다

우체국에서
줄을 서서 기다리니
사람이 더 그리워집니다

멈추어 바라보니
가을이 어느새
오래된 친구가 되어
한 존재 품어줍니다

손녀 앓이

바라보면
은은한 미소가 피어나요
선물입니다

안으면
생명의 신비가 느껴져요
축복입니다

볼수록
안을수록
잔잔한 행복이 다가와요
은혜입니다

인생 나그네

떠나갑니다
그 푸르른 청춘도
그 뜨거운 사랑도
그리운 추억만 남긴 채

마주칩니다
이 엄연한 세상을
이 진실한 현실을
진지한 화두를 던진 채

살아가겠습니다
빈손으로 와
빈손으로 떠나는 나그네 되어
한 아름 추억 새기고
한 자락 화두 껴안고

내가 사랑하고 있다면

살아있음 '우와' 입니다
살아갈 수 있음 '아하' 입니다

나를 만나고 있음입니다
너를 그리워하고 있음입니다

내가 사랑하고 있다면
분명 선물이고 기적입니다

희망의 노래 평화의 기도

시 친구

저의 '시' 입니다

매일 무언가
'시'작합니다
'시'도합니다

울림 매 순간
'시'써봅니다
'시'험입니다

우리는 그래서 희망을

김누리 『우리에겐 절망할 권리가 없다』 서문에 소개된
"이 시대에 희망을 말하는 자는 사기꾼이다
그러나 절망을 설교하는 자는 개자식이다"*
화두를 꺼내 음미합니다

작년 한 해 도산 삶사상을 만나
'도산닮기' 희망을 품고
한동안 '도산앓이'를 했습니다

주민자치인문학
함께 하는 샘들의
삶살이와 배움 나눔 통해
도산의 애기애타와 대공주의
가능성과 힘을 체험하였습니다

* 독일 시인 – 볼프 비어만

그 선한 마음

아름다운 헌신

용기 있는 실천들이

씨올네트워크로 모아져

대동세상 향한

경건한 동행에 함께 할 수 있어

더 행복하고 감사합니다

희망 교향곡

나도 희망한다
너도 희망하라

[spero, spera]

숲새도 노래한다
마을도 노래하라

나도 괜찮다
너도 괜찮다

자신도 사랑한다
세상도 사랑하라

* 씨올네트워크 창립총회 zoom 회의하는 아침
  고 차동엽 신부님의 [희망의 귀환] 꺼내 읽고,
  소산 박대성 화가의 [정관자득]을 감상하면서.

희망의 노래 평화의 기도

시노래

귀 기울여 다시 듣게 되네요
한 존재 영혼이 깨어나네요

열어둔 연구실 창문으로
한아름 그리움 들어오네요
겨울 하늘 임인년 햇살이
유난히 눈부시네요

시 노래 바람이 세월 향기 담은
잔잔한 바람을 몰고 오네요
그 바람 숨결 선한 씨앗으로
마음 밭에 뿌려지네요

이 겨울 지나면 함께 피어나겠죠?
아름답고 착한 생명꽃으로!

아버지의 눈물

아버지가 되어
돌아가신
아버님의 그 세월
눈물 무게를 느꼈습니다

어느새 할아버지가 되어
오늘 다시
지내온 삶에 배인
눈물 향기를 맡았습니다

우리
아버지 눈물 빛깔 닮은
인생술 한 잔 같이 해요

지구 친구에게

고운 목소리 듣다 보면
잠시 멈추고 생각하게 되네요

당연히 여겼던 삶살이가
지구의 한없는 베풂임을

불편함을 기쁘게 감수하는 작은 몸짓으로
지구와 친구가 될 수 있음을

잔잔한 미소 지으며
지구와 같이 살고 싶다는 바람을
새봄에 하게 되네요

그때와 지금

그땐
우리 모두
봄비를 무척 좋아했지?

그땐
우리 모두
비 맞으며 무작정 걸어가기도 했고
서로에게 우산도 되어 주었지?

그런 청춘 시절 다 보낸 지금도
그 시절 떠올리며
같이 봄비 소리 풍경 삼아
차 환담 나누며
서로에게 빛바랜 우산이라도
되어 주고 싶다

그때나
지금이나
모든 것은
다 스스로에게!

희망의 노래 평화의 기도

삶길

멈추면
들려요
자연 소리가

걸으면
보여요
생명 빛이

숨 쉬면
느껴요
존재 울림이

읽으면
닮아요
선인의 영성을

적으면
알아요
삶이 선물임을

아직도, 그래도

아직도
간절하게
꿈꾸었던 그 세상은 아니지만
그래도
찬란한 꽃 피우는 봄은 왔습니다

아직도
평화롭게
살 수 있는 그 시대는 아니지만
그래도
고결한 빛 비추는 하늘이 있습니다

그 시절에도
이러한 봄날
하늘 바라보며
"사람이 곧 하늘이다" 하시면서
꿈꾸었던
대동세상을
'다시 개벽' 마음으로
뚜벅뚜벅 걸어가게 됩니다

희망의 노래 평화의 기도

어느새

함께 하는

씨올벗님들의 미소와 눈빛이

한 존재를 품어줍니다

치유와 희망이 피어납니다

세월호 8주년, 진주 답사

절절한 아픔입니다
먹먹한 울림입니다

슬픔 배인 부릅뜬 분노입니다
진혼 담은 울컥한 깨침입니다

더 이상
이 땅에
이러한 참혹한 국가폭력의 비극이 발생해서는 안 됨을
뼛속 깊이 새기며
그 산길을 오르고 내려갑니다

'유해에는 그 어떤 이데올로기 기록이 없다'는 말씀은 큰 지
혜입니다

어제 모두 힘드셨지요?
길도 없는 산등성이를 가시덤불을 헤쳐가며

미끄러지면서도
우리는 아무 두려움 없이 올라갔지만

희망의 노래 평화의 기도

자기 죽을 곳으로 올라갔을 희생자들의 마음을 생각하니
마음이 무거웠습니다

다시는 이 땅에 이런 어처구니없는 일이 일어나지 않기를
함께 하신 모든 분들이 간절히 빌었습니다
어제 답사지는 마음이 아픈 곳이었습니다

다시 스스로 개벽

청춘 마지막 달력의
절박했던 그 시절
스스로가 만든 정신 감옥에서 뛰쳐나와
"더 이상 절망할 시간이 없다"라며
몸부림치며 간절한 꿈을 이뤘답니다

인생 1막 마무리 시간의
진지한 이 순간
타인의 시선 감옥 굴레에
빠지지 않고
"더 이상 머뭇거릴 시간이 없다"라며
마음 추림하며 소박한 도전을
시작합니다

헌법정신 품고
대동세상 향한
선한 발걸음을
빙그레 웃으며
기쁘게 내딛습니다
함께 하시게요

희망의 노래 평화의 기도

오늘 하루

온 힘과 뜻을 다해 살아간

스스로를 꼭 껴안아 봅니다

길 위의 길

배움 나눔 도전 길
은혜이고 감사입니다

다시 개벽 마음으로
하루를 온 힘 다해 살아도
지혜의 길도 만만치 않고
영성의 길은 멀기만 합니다

그래도
오늘 희망 품고
이렇게 다시 길을 걷습니다

낙담하거나
포기하지 않고
할 수 있는 만큼
길을 뚜벅뚜벅 걸어가고자 합니다

동경대전 배움 덕분입니다

희망의 노래 평화의 기도

지금

지금 있는 곳이
우리가 그토록 찾고자 하는 그 곳!

지금 하는 일이
우리가 그렇게 하고 싶은 그 일!

지금 만나고 있는 사람이
우리가 그만큼 기다린 그 사람!

백운동 원림

그야말로 다산 백운첩 12경의
신비가 펼쳐집니다

한 경 한 경의 풍경과 정취에
푹 빠지게 됩니다

자연 그대로의 아름다움과 여백을
닮게 됩니다

어디를 보든지 이곳에서는
그윽한 향기가 피어납니다

오늘 이 순간만큼은 순수한 극락의
온몸 맘 체험입니다

저절로
경건한 감사 기도와
은은한 감탄의 노래가 나옵니다

희망의 노래 평화의 기도

봄꽃 마냥

봄에 피는 꽃들은
가던 길을 멈추게 한다
마냥 아름답다

다 다른 빛깔 봄꽃들은
제각기 제때 피고 진다
마냥 신비롭다

봄꽃을 보고 있으면
친구들의 얼굴이 떠오른다
마냥 그립다

고 이영석 교수 추모

좋은 사람의 온기가
유난히 그리운
이 겨울 아침
당신이 그렇게도 사랑했던
광주대학교가 보이는
마을 오솔길을 걸으니
한평생 오직 한 길
올곧은 학자의 삶을 사신
당신이 생각납니다

지금 당장이라도
연구실로 찾아가면
새벽부터 늦은 시간까지
역사 연구와
학생 교육을 위해
연구실 불을 켜 놓고
그 그윽한 눈빛으로
환대해 주실
당신을 만날 것 같습니다

희망의 노래 평화의 기도

삶의 옷깃 여미며

이 시대의

교수로서의

마음가짐과 역할을

배울 수 있도록

몸소 실천해 주신

그 모습을 다시 뵙고 싶습니다

떠나간 그 자리가

너무 크지만

혼을 다해 집필한

탁월한 역사서들과

정성 다해 이끌어주신

많은 학생들과 후학들의

세상 향한 눈빛들이

찬란히 빛나고 있답니다

번뇌와 고통 없는

그곳에서는

잠시라도

역사학자로서의 삶 내려놓으시고

아들과 한 가정의 아버지로서

한평생

온 마음과 몸으로 최선 다한

한 존재로서 스스로에게

영원한 평온과 안식을

선물하소서

제6부

모던포엠 등단시와 심사평

심사평

　생명의 봄이 오는 계절에, 『모던 포엠』(150회) 신인상 응모작품으로 모처럼 인생의 연륜만큼이나 이탈의 틈새를 허락하지 아니하고 순수서정성이 물씬 묻어나는 임형택 님의 시편 「하루가 운명처럼」 외 2편을 꼼꼼히 챙겨보다가 '감사의 시학'으로 빛나는 따뜻한 감성感性과 깊은 사유思惟에서 비롯된 시적 치유로 인한 감동의 회복을 통해 마침내 한순간 격정이 갈앉는 '숨과 쉼, 그리고 삶'이라는 작은 기쁨을 놀랍게도 체득하게 되었다.

　"잎 진 자리 그 한 잎 위로/그리움 깊이만큼 세월이 다져져도/눈에 익은 계절로/다시 그렇게 닿고 싶을 뿐이다.(하루가 운명처럼 中)"의 보기나 또는 "몇 겁의 생을 지나쳐도/한눈에 알아본 나의 사랑은/외롭던 형상 그대로를 지닌 채/눈물을 밀면서 왔다.(숨과 쉼, 그리고 삶 中)"와 그리고 "절대고독의 거룩한 아름다움을/일상의 시어로 기도한/김현승 시인의 숨결 살아있는/그 양림동산에 홀로 잠시 머물며/'나의 전체는 오직 이 뿐!' 이라고 고백한/눈물의 시 나지막이 읊조려본다.(홀로 있음 中)"는 더없이 푸른 생명의 언어를 타자와의 소통을 위한 기호로 교신한 정신작업의 유의미한 작위作爲이기에 신선한 충격일 뿐 아니라, 지나친 언어기교나 유희pun가 아닌 시인의 담백한 시격이 정직하게 작동

되어 깊은 상처로 고뇌하는 마음에 평온함을 적절하게 안겨주는 시적 효용성은 신에게 드리는 기도처럼 감사할 일이다.

모쪼록 소소한 일상의 삶에서 감동을 회복시켜주는 창조적 영혼은 위대하고 아름다운 인자因子이기에, '홀로 있기'라는 깊은 사유의 통로를 거쳐 현재적 존재감을 당당히 지켜낸 임형택 님의 힘겨운 고뇌에 '고귀한 시인의 명성'을 눈부신 존재의 꽃으로 훈장처럼 달아주는 작업에 심사위원들이 뜻을 함께 하였음을 밝히며, '극소수의 창조자로서의 시대적 역할'을 충직하게 수행하여 줄 것을 소망하면서, 따뜻한 축하와 격려의 박수를 보낸다.

심사위원: 엄창섭 유창섭 이근모 전재동 전형철

하루가 운명처럼

목숨 다하는 사랑이
삶의 모두였던 한 잎은
허공을 건너야 하는 시간 앞에서
왜? 하필 나야만 하느냐
묻는 일 따윈 하지 않는다.

정녕 죽어야만 한다면
어떤 이의도 제기하지 않은 채
곱게 죽어 네가 선 땅의
흙이 되고 싶을 뿐이다.
보여주는 사랑보다
제 몸 온전히 다 썩혀낸
그 같은 사랑이고 싶을 뿐이다.

잎 진 자리 그 한 잎 위로
그리움 깊이만큼 세월이 다져져도
눈에 익은 계절로
다시 그렇게 닿고 싶을 뿐이다.

숨과 쉼, 그리고 삶

처음이자 마지막 사랑을
잃고 산 날은 사는 것
못내 덧없음이었다.

깊고 깊던 인연의 매듭 끊어버린 후
그리움 하나 지탱하며 살아야만 했던
생의 그 기슭에서
사랑이라는 이름의
완전한 재회가 이뤄지는 날,

몇 겁의 생을 지나쳐도
한눈에 알아본 나의 사랑은
외롭던 형상 그대로를 지닌 채
눈물을 밀면서 왔다.

강물 같이, 때로는 덧없는 세월에
필사의 눈물이 흘렀던
너의 날과 나의 날,
못내 그랬듯 너 또한 그랬노라고
눈물의 흔적은 반듯하게 번지고 있다.

홀로 있음

절대고독의 거룩한 아름다움을
일상의 시어로 기도한
김현승 시인의 숨결 살아있는
양림동산에 홀로 잠시 머물며
'나의 전체는 오직 이 뿐!' 이라고 고백한
눈물의 시 나지막이 읊조려본다.

이제 시인의 그 절대고독의 눈물은
가을의 노래가 되어
제 삶의 주먹 쥔 침묵 뒤의
부릅뜬 응시와 묵언의 함성이 되어
바람 가르며 숲을 역주ㄲ走한다.

시비가 선 자리에
수북이 낙엽은 쌓이고
들 까마귀는 울어대는데
양림의 낮은 산자락
가을 하늘은 더없이 아득하고
양림 축제가 한 존재를
온전히 품으며 철들게 한다.

감상

체의 역할과 시적 프로파일링

김을현 시인

    추리소설의 대명사, 셜록 홈스를 만든 아서 코난 도일은 말한다. "모든 불가능을 제거하고 남은 것이 진실이다." 이렇게 말하면 진실을 유추하는 일은 매우 불가능해 보인다. 하지만 진실은 보편적인 진리다. 매우 평범하다는 이야기다.

    21세기의 시는 바다를 잃은 배와 같다. 하늘에 제사를 지내는 일도, 제도권의 계몽이나 투쟁도, 진실이라 믿던 이상도 일반화되어 버렸기 때문이다. 무엇보다도 시는 독자를 잃었다. 점점 난해하고 고독을 자처하는 시의 길은 어느 시대보다 가시밭길이다.

    그럼에도 불구하고 언제나 희망은 있다. 이제 모두가 읽고 쓰는 앎의 시대가 아닌가. 시는 이 세상에 태어난 소명을 사명으로 바꿔야 할 때다. 내가 보고 느끼고 경험한 일이 누군가에게는 등대가 될 수 있다는 마음가짐. 그러한 진실이 폭풍우를 뚫고 나아가게 하는 힘이라고 믿는다.

    임형택 교수는 천성이 시인이다. 옆구리를 쿡 찌르면 웃음처럼 시가 나온다. 그는 어울림을 좋아하고 '다같이', '더불어'를 노래한다. 첫 시집 '슬픈 낙관주의자의 희망의 노래'로부터 '대동세상 희망의 노래, 평화의 기도'로 이어지는 그의 시를 '희망 더하기'라고 표현해 본다. 마른 골목에서 풀꽃을 보면 하늘을 생각하고 비를 생각하는 사람, 조금 더 좋은 세상, 아름다움을 퍼트릴 생각으로 시대를 기록한다.

임형택 시인의 시를 읽고 세 가지 생각이 들었다. 먼저 '홀로 다같이'다. 저마다의 개성시대, 멋대로 살지만 개성에 플러스알파 하는 마음이다. 배려와 협력이다. 그것은 마치 밥상에서 한 숟가락씩 밥을 뜨면 밥 한 그릇이 더 생기는 것과 같다. 두 번째는 희망이다. 세상이 아무리 힘들어도 절망하지 않고 일어서는 '그럼에도 불구하고', '우리 함께'를 지향한다. '희망 아리랑'은 붕괴하는 공동체의 회복과 화합을 원하는 마음이다. 세 번째로는 시인이 추구하는 '교육상담시'로써의 의미다. 평생을 교육일선에서 경험한 질문과 느낌을 전하는 방식이 시로써 표출되고 있다. 다분히 아포리즘적인 문구와 개인적인 감상이기도 하지만, 동시대를 사는 생의 질문에 대한 표준 답안지라는 생각이 든다.

완벽한 삶, 온전한 인생이 혼자서는 가능하지 않다는 것이 역사를 통해 입증되었다. 우리는 부단한 성찰과 탐구로 오늘을 이뤄왔다. 이제는 서로서로 아는 것을 실천, 사회에 환원해야 한다. 여기서 체의 역할이 등장한다. 오늘을 양심의 저울로 달고 선과 악을 구별하며 이상을 추구하는 기준, '삶이 그대를 속일지라도' 꿋꿋하게 앞으로 가는 동력이다. 현재의 생각을 고운 체로 걸러보자. 생명은 위험을 감지하고 미연에 예방하는 감각이 있다. 그러한 촉각의 발달은 예술적 기능으로 집약되는데, 보통은 눈을 감으면 더 선명해지기도 한다. 내 몸을 통과하는 빛과 소리의 양, 세기, 색깔 등이다. 처음에는 개인적인 영역에서 사회적인 영역으로 확대된다. 그것은 마치 추리소설과 같아서, 흐릿한 생각 속에서 흩어진 퍼즐을 맞추는 일과 같다. 임형택 시인은 어렵지 않게 시를 쓴다. 보고 듣고 느끼고 무엇이 필요한지를 걸러내는 생각, 시적 프로파일링이 일순 이루어지는 대단한 능력을 갖추고 있다. 참으로 선한 영향력이다.

세상은 날로 세분되어 가는데 사람들의 마음은 미처 따라가지 못한다. 오늘 보이지 않던 일이 지나고 나면 환히 보이지만 대체로 아쉬움과 후회로 남는다. '시작은 미약, 끝은 창대'라는 말로 위안을 한다. 무엇이나 처음 시작하는 사람은 고독하고, 숲이 우거진 길을 가야 한다. 임형택 시인의 미소라면 충분하다.

'희망의 노래 평화의 기도'는 삶의 의미를 다시 한번 생각하게 한다. 나는 몇 점짜리 인생인가. 한여름 무더운 날, 어머니가 등짝에 뿌려주시던 샘물이 떠오른다. 이 세상에 주인공이 아닌 사람은 없다.

희망의 노래
평화의 기도

펴낸날 2023년 7월 7일

지은이 임형택
교열 김을현 | **교정** 기윤희
펴낸이 주계수 | **편집책임** 이슬기 | **꾸민이** 이화선

펴낸곳 밥북 | **출판등록** 제 2014-000085 호
주소 서울시 마포구 양화로7길 47 상훈빌딩 2층
전화 02-6925-0370 | **팩스** 02-6925-0380
홈페이지 www.bobbook.co.kr | **이메일** bobbook@hanmail.net

© 임형택, 2023.
ISBN 979-11-5858-941-7 (03810)